AF503439

LES
AIDES-DE-CAMP,

COMÉDIE-VAUDEVILLE.

PAR MM. E. THÉAULON ET F. LANGLÉ.

Représenté, pour la première fois, à Paris, sur le théâtre des Variétés, le 24 août 1823.

PRIX : 1 fr. 50 c.

A PARIS,

AU GRAND MAGASIN DE PIÈCES DE THÉATRES, ANCIENNES ET MODERNES,

Chez M.me HUET, Libraire-Éditeur, rue de Rohan, n°. 21, au coin de celle de Rivoli;

Et chez BARBA, Libraire, Palais-Royal.

AOUT 1823.

PERSONNAGES.	ACTEURS.
DON LOPEZ...............	M. Lepeintre.
ELVIRE..................	Mlle. Pauline.
INEZ	Mlle. Chalbos.
FLORA	Mlle. Jenny-Vertpré.
LIDA	Mlle. Duparc.
ELIA...................1	Mlle. Félicie.
St.-Léon	M. Tousez.
RAYMOND	M. Vernet.
RODOLPHE................	M. Arnal.
HENRI...................	M. Amédé.
EDMON..................	M. Alfred.
TONIA.	Mad. Gontier.
LAVALEUR.	M. Cazot.

Soldats de l'Armée Française.
Paysans Espagnols.

Tous les débitans d'exemplaires non revêtus de la signa-
ture de l'éditeur, seront poursuivis comme contrefacteur.

P.-F. HARDY, imprimeur, rue S.-Médéric, n. 44.

LES
AIDES-DE-CAMP,

COMÉDIE-VAUDEVILLE, EN UN ACTE.

SCÈNE PREMIÈRE.

RAYMOND, PAYSANS, *chargés de fleurs.*

CHŒUR.

Air : *Gaîté, douce folie.*

Qu'à la douce folie
Le sentiment s'allie ;
Pour fêter la patrie,
Amis,
Fêtons Louis.

RAYMOND.

Portez toutes ces fleurs sur la grande pelouse du château ;
terminez la salle de verdure, et que tout soit préparé pour
recevoir les braves que nous attendons ; savez-vous, bonne
Tonia, si le seigneur Lopez arrivera aujourd'hui ?

TONIA.

Il n'aura garde d'y manquer, le jour de la Saint-Louis,
la fête de votre roi..., oh ! vous le connaissez bien.

RAYMOND.

En effet, il aime tout ce qui vient de la France, avec
une ardeur ; il en parle avec un enthousiasme,

TONIA.

C'est bien naturel ; vous lui avez rendu un important

service : sans votre armée, tous ses biens étaient pillés ; vous lui avez même sauvé la vie.

RAYMOND.

Adieu, bonne Tonia.

TONIA.

De grâce, seigneur officier, connaitriez-vous dans l'armée un militaire appelé Lavaleur ?

RAYMOND.

Lavaleur !

AIR *de Turenne.*

Ce nom ne vous servira guères
Pour trouver enfin ce guerrier ;
Au champ d'honneur nous sommes frères,
Nous dormons au même foyer.
De la même ardeur chacun brille,
Nous nous ressemblons par le cœur,
Et le beau nom de la valeur
Est en France un nom de famille.

TONIA.

Je ne le verrai donc jamais ?

RAYMOND.

C'est possible... son arme ?

TONIA.

Les lanciers.

RAYMOND.

Nous en avons un détachement dans les environs.

TONIA.

Ah ! mon dieu ! seigneur français, s'il se passe une revue, permettez-moi d'y assister

RAYMOND.

Je vous y conduirai moi-même, ma bonne Tonia... allons, mes amis, allons terminer les apprêts de la fête.

CHŒUR.

Qu'à la douce folie
Le sentiment s'allie ;
Pour fêter la patrie,
Amis,
Fêtons Louis.

SCÈNE II.

LOPEZ, TONIA.

LOPEZ, *entr'ouvrant la petite porte.*

Tonia ! Tonia !

TONIA.

Ah ! c'est vous enfin, seigneur Lopez.

LOPEZ.

Ces officiers sont-ils au château ?

TONIA.

Non, il n'y a personne.

LOPEZ.

Alors, mes nièces peuvent entrer : Elvire, Inès, Elia, venez...

SCÈNE III.

LOPEZ, ELVIRE, INÈS, ÉLIA, FLORA, LIDA.

ENSEMBLE.

Air : *Me voilà.* (Clochette.)

Nous voilà (*bis.*)
Que la fête
S'apprête ;
Nous voilà (*bis.*)
Ah ! dans cette
Retraite
Notre cœur palpite déà :
Nous voilà. (*bis*)

TONIA.

Seigneur Lopez, je les trouve encore embellies.

LOPEZ.

Et je me flatte qu'elles le sont en effet : l'éducation brillante qu'elles ont reçue, les talens, les vertus que je leur ai fait donner !.. cela ma coûté cher, mais je suis riche, moi ! le plus riche négociant de toute l'Andalousie, et je n'ai pas d'autres enfans que mes nièces, tout ce que j'ai est donc pour elles.

ÉLVIRE.

Nous en garderons une éternelle reconnaissance, mon oncle.

LOPEZ.

De la reconnaissance ! vous ne m'en devez pas.

INÈS.

Vous avez pris tant de soins de notre enfance.

LOPEZ.

N'êtes-vous pas les filles de ma bonne sœur, de ma chère Laurenza, qui en mourant ne vous a laissé que moi pour appui.

ÉLIA.

Vous prévenez tous nos moindres desirs.

LOPEZ.

Je ne fais que mon devoir; et tout ce que j'ai fait pour vous, ne m'empêchera pas de vous doter richement.

FLORA.

Auriez-vous donc déjà songé, mon oncle, à nous établir?

LOPEZ.

Oui, mes nièces, et maintenant que nous voilà arrivés dans mon vieux château de l'Andalousie, je ne dois pas vous laisser ignorer plus long-temps que c'est pour y faire quatre mariages.

TONIA.

En vérité ?

LES QUATRE DEMOISELLES.

Air *de la Solliciteuse.*

Un mari ! mes sœurs, un mari
La nouvelle est charmante,
Et surtout s'il est joli,
Que je suis impatiente
De le voir paraître ici.

LOPEZ.

Rasssurez-vous, bientôt peut-être
Chacun va s'offrir à vos yeux.

TOUTES.

Je voudrais déjà le connaître ;
        (*A part.*)
C'est le mien qui sera le mieux.

ENSEMBLE.

Un mari ! mes sœurs, un mari !
Etc. , esc.

FLORA.

Mais nous sommes cinq , mon oncle ; quelle est donc celle de nous qui a mérité cette disgrâce ?

LOPEZ.

Je n'en sais rien encore : ce sera probablement la plus jeune.

FLORA.

Ce n'est pas juste.

ELVIRE.

Je lui cède bien volontiers mon tour.

FLORA.

Je l'accepte.

TONIA.

Comme les voilà impatientes de se marier : on voit bien que ces demoiselles sortent du couvent ; elles ne savent pas ce qu'elles désirent.

LOPEZ.

Eh ! bien , ne vas-tu pas les effrayer sur le mariage ?

TONIA.

Ah ! Monsieur, j'ai été presque mariée, moi , et je sais ce que c'est.

LOPEZ.

Eh ! oui , ton vieux lancier, n'est-ce pas ?

TONIA.

Quel homme ! toujours prêt à faire son service... mais d'une légèreté.

LOPEZ.

Pourquoi diable aussi vas-tu t'adresser à la cavalerie légère ?

TONIA.

Eh ! Monsieur, on s'adresse où l'on peut.

LOPEZ.

Laissons cela , et parlez-moi de ces quatre officiers.

TONIA.

Est-ce par hasard , ces Français que vous auriez choisis ?

LOPEZ.

Justement.

TOUTES , *sautant de joie.*

Des Français... ah ! quel bonheur !

ELVIRE.

Des Français !

LOPEZ.

Diantre ! quel esprit national ! du reste , tant mieux , car j'aime les Français ; je leur dûs la vie en 1810 ; en 1823 , je leur dois ma fortune et l'honneur ; maintenant , voulant réaliser mon immense fortune , et me retirer en France pour vivre heureux et tranquille , j'ai formé le projet de vous marier aux quatre Français qui sont en ce moment en garnison dans mon château , où ils attendent le passage de leur maréchal... s'il y en avait cinq , je ferais cinq mariages.

TONIA.

Mais vous ne connaissez pas ces jeunes gens , seigneur Lopez , et peut-être...

LOPEZ.

Ah ! je ne les connais pas ! écoutez ce que j'ai écrit hier , à ce sujet , au maréchal , qui commande le corps d'armée qui a délivré cette province. (*Il lit*) : « Monsieur le Ma-
» réchal , votre armée nous a rendu le vrai titre d'Espa-
» gnols , et vos aides-de-camp , à la tête de quelques bra-
» ves , ont sauvé cette province du ravage et de la destruc-
» tion. Je leur dois , pour mon compte , la conservation de
» la plus grande partie de ma fortune ; et je vous prie, M. le
» Maréchal , de vouloir bien permettre de la partager entre
» ces jeunes Français auxquels j'offre quatre de mes nièces ,
» dont chacune sera dotée de dix mille ducats de revenu.
» Mes nièces sont jeunes , aimables , jolies ; le caractère de
» ces jeunes gens , que j'ai été à même d'apprécier , me con-
» vient sous tous les rapports , et si les renseignemens que
» vous voudrez bien me transmettre sur leur compte sont

» satisfaisans, je leur offre un sort indépendant, par ces
» mariages, que je voudrais conclure le jour même de la
» St.-Louis. » C'est aujourd'hui.

ELVIRE.

La Saint-Louis, mon oncle ? Qu'est-ce donc que ce jour-
a de remarquable pour nous ?

INÈS.

Comment, tu ne devines pas ?

FLORA.

Je le devine bien, moi.

ÉLIA.

C'est la fête du roi de France.

LOPEZ.

Et par conséquent de l'armée française... la St.-Louis,
ma chère Elvire, doit être aujourd'hui fêtée en Espagne
comme en France. Il ne doit point y avoir de Pyrennées
pour la fête de la reconnaissance ; la St-Louis !

AIR : *de la Sentinelle.*

Ce nom rappelle à l'admiration
Un noble prince, ornement de la France,
Qui vers les champs et les murs de Sion
Fut autrefois conduit par l'esperance.
Ce roi, si cher à ses sujets,
Fut riche en vertus, en courage ;
Et dans la guerre ou dans la paix,
D'âge en âge les rois français
Ont recueilli son héritage.

ENSEMBLE.

Et dans la guerre ou dans la paix, etc.

TONIA.

C'est sans doute pour cette fête, que ce matin encore, ils
ont dévasté les deux jardins du château. Il n'y reste pas une
fleur.

LOPEZ.

Je leur avais permis de les cueillir toutes et de réunir
tous les français qui sont dans les campagnes voisines ; j'en-
tends que dans mon château les français puissent encore se
croire en France. D'ailleurs, si les renseignemens que j'attends sont bons... ce soir, il n'y aura point d'étrangers, ici ;
je n'y aurai que des enfans.

Mon cher oncle !

LOPEZ.

AIR : *Le choix que fait tout le village.*

Je ne suis point de ces hommes vulgaires
Toujours gonflés d'esprit national ;
Je le soutiens : tous les mortels sont frères,
Et la vertu rend leur mérite égal.
Non, non, le sol ne fait point la patrie
Selon nos vœux, nos caprices, nos goûts ;
Qu'importe, enfin, que la terre varie
Puisque le ciel est le même pour tous.

TONIA.

Mais ces officiers connaissent-ils votre projet ?

LOPEZ.

Non vraiment, je me suis bien gardé de le leur apprendre, j'aime à faire des surprises moi... Allons que l'on se prépare, je vais tout disposer pour la fête et la cérémonie... surtout mes nièces, ne vous montrez pas avant l'ordre, et dès qu'on sonnera à la grande porte, rentrez dans cette partie du château, où j'ai fait préparer vos appartemens ; suis moi, Tonia.

SCÈNE IV.

ELVIRE, INÈS, ÉLIA, FLORA, LIDA.

ELVIRE.

Concevez-vous, mes sœurs, l'idée de notre oncle ?

INÈS.

Je la trouve excellente, cette idée.

ÉLIA.

Je suis impatiente de voir ces Français.

FLORA.

Je suis sûre qu'ils sont bien aimables.

ELVIRE.

Tout le monde le dit, mais je le sais bien mieux que tout le monde, j'en ai rencontré un dans les rues de Cordoue.

FLORA.

Vraiment ! tu ne nous l'avais pas dit.

INÈS.

Voyez-vous la mystérieuse ?

ÉLIA.

C'était peut-être de peur que l'une de nous ne cherchâ à le rencontrer aussi.

FLORA.

C'est bien possible !

ÉLIA.

Et dis-moi, ma sœur, était-il bien ?

FLORA.

Avait-il l'air noble ?

ELVIRE.

Oh ! noble comme un Castillan, c'était un jour que l'on m'avait conduite à la visite des prisonniers... nous étions près de la tour de Medina, un jeune homme en sortait ; il venait de rendre à la liberté une foule d'infortunés qui le comblaient de leurs touchantes bénédictions, je levai les yeux sur lui, nos regards se rencontrèrent, mes sœurs ; et comme il me regarda long-temps !...

FLORA.

Et tu ne l'as plus revu, ma sœur ?

ELVIRE, *soupirant.*

Non, ma sœur.

ÉLIA.

Tenez, voulez-vous que je vous parle franchement mes sœurs, je crois que l'on a calomnié les français dans l'esprit des dames espagnoles.

FLORA.

Je le crois aussi.

INÈS.

Je suis sûre qu'ils doivent être de bons maris.

ÉLIA.

On le dit ; ceux qui viennent de Paris surtout.

INÈS.

Ils aiment trop le Roi pour ne pas aimer leurs femmes.

TOUTES.

C'est vrai au moins.

ÉLIA.

Air: *Elle a trahit ses sermens et sa foi.*

Dès anciens preux s'ils ont tous la valeur,
Le même espoir vit toujours dans leur ame;
Et leur bannière encore au champ d'honneur
Porte ces mots: *L'Honneur; le Roi, ma Dame.*
C'est le signal des plus brillans succès :
Tout pour l'honneur! ce mot est bien français.

FLORA.

Même air.

Loin des climats, par la Seine embellis,
Ils ont suivis la royale bannière,
Et leurs lauriers, entrelacé de lys,
Couvrent dé à cette Espagne si fière.
C'est le signal, dés plus brillans succès
Tout pour le roi : ce mot est bien français !

ELVIRE.

Même air.

Tandis qu'ici leur glaive redouté,
De nos palais écarte les tempêtes,
Leur no le cœur auprès de la beauté
Fait chaque jour de plus douces conquêtes.
C'est le signal, des plus brillans succès
Tout pour l'amour, ce mot est bien français.

ENSEMBLE.

C'est le signal, etc.

(On sonne.)

SCÈNE V.

LES MÊMES, TONIA.

TONIA.

Rentrez, Mesdemoiselles, rentrez, votre oncle vous attend.

FLORA.

Venez mes sœurs, il ne faut pas désobéir à notre oncle.

INÈS.

Il est si bon !

ÉLIA.

Il nous marie. (*On sonne.*)

ELVIRE.

Venez mes sœurs, car on les laisserait à la porte tant que vous seriez-là.

FLORA.

C'est vrai cela. (*Elles s'enfuient dans la maison; Tonia ouvre.*)

SCÈNE VI.

TONIA, RAYMOND, HENRI, VICTOR, RODOLPHE.

CHŒUR.

Qu'à la douce folie.
Le sentiment s'allie ;
Pour fêter la patrie,
Amis,
Fêtons Louis.

RAYMOND.

J'ai cru que nous allions être forcés d'escalader la place.

TONIA, *à part.*

Exécutons les ordres du seigneur Lopez. (*Haut.*) Pardon, Messieurs, mais j'étais auprès de ma jeune maîtresse.

HENRI.

Sa jeune maîtresse ?

RAYMOND.

Quoi, bonne Tonia ! le seigneur Lopez serait de retour ?

EDMOND.

Avec sa femme ?

RODOLPHE.

Ou avec sa fille ?

TONIA.

Non, Messieurs, mais avec sa nièce !

TOUS.

Une nièce ?

RODOLPHE.

C'est charmant !.. est-elle jolie ?

TONIA.

Comme une Française.

RAYMOND.

Oh ! l'excellente nouvelle !

EDMOND.

Je propose d'embrasser la messagère.

TONIA.

Messieurs, si cela peut vous distraire un moment.

RAYMOND.

Air : *Comme il m'aimait !*

Embrassons-là (*bis.*)
Nous connaissons sa bienfaisance ;
Embrassons-là (*bis.*)
Son cœur pour nous se signala.

TONIA.

Dans ce pays j'ai pris naissance,
Mais j'ai toujours aimé la France.

TOUS.

Embrassons-là (*bis.*)

(*Ils l'embrassent.*)

TONIA.

Assez, assez, assez ! ce que c'est qu'une longue abstinence.

RAYMOND.

Ah ! le seigneur Lopez a une nièce, et il ne nous l'avait pas dit.

HENRI.

C'est pourtant un bon vivant que le seigneur Lopez.

RAYMOND.

Oh ! oui, un excellent homme, nous devons nous estimer heureux de lui avoir rendu service ; avec quelle loyauté il a mis tout son vieux château à notre disposition pour que nous puissions célébrer dignement la fête du Roi !

RODOLPHE.

Il nous a donné jusqu'aux clefs de sa cave... et quelle cave !

Air : *Contentons-nous d'une simple bouteille.*

Près du Champagne, à la mousse brillante,
Là le Bordeaux peut couler, à mon gré,

Mais franchement, amis, c'est l'Alicante
Qui chaque jour est par moi préféré.

HENRI.

De Malaga, moi, je passe à Madère.

RAYMOND.

Pour mieux prouver, comme a dit un héros :
Aux cœurs bien nés que la patrie est chère,
Moi, je ne bois que du vin de Bordeaux.

RODOLPHE.

Bonne Tonia, nous sera-t-il permis de présenter nos
hommages à la maîtresse du château.

TONIA.

Oui, Messieurs, dès que le seigneur Lopez le permettra.

RAYMOND.

Il faut lui demander bien vîte cette permission.

TONIA.

Tenez, le voici lui-même.

SCENE VII.

LES MÊMES, LÓPEZ.

LOPEZ.

Bonjour, Messieurs, bonjour, eh ! bien tous les apprêts
de votre fête sont-ils terminés.

RAYMOND.

Tous, mon cher hôte, et nous voyons avec plaisir que
vous êtes venu partager notre joie.

LOPEZ.

Avez-vous invité bien du monde ?

RAYMOND.

Mais pas absolument.

RODOLPHE.

Nous n'avons rencontré que deux bataillons d'infanterie
et un détachement de lanciers.

TONIA.

Miséricorde ! où allons-nous donc loger tout cela ?

RODOLPHE.

Sur la grande pelouse, le temps est superbe, ils seront là comme dans les Tuileries.

LOPEZ.

Ne laissez manquer de rien ces braves gens, disposez de mon château, de tous mes fermiers.

RAYMOND.

Nous avons profité de la permission, seigneur Lopez pour rendre cette fête digne de notre monarque! tout nous y rappèlera la patrie : l'abondance d'abord, et puis les emblèmes.

AIR : *de Julie.*

Pour nous représenter la France
Nous aurons là des grenadiers;
Pour symbole de l'espérance
J'ai mis tout près des oliviers.
Une rose à notre panache
Nous rendra nos belles, je croi,
Et pour représenter le roi
Nous aurons le drapeau sans tache.

TOUS.

Et pour représenter le roi
Nous aurons le drapeau sans tache.

LOPEZ.

Les braves gens! les braves gens! il y aura un autre bouquet dont vous ne parlez pas, Messieurs ?

RODOLPHE.

Votre nièce, n'est-ce pas ?

LOPEZ.

Ah! ah! Tonia, vous a dit!..

TONIA.

Oui, Seigneur, ces Messieurs m'ont arraché mon secret.

RODOLPHE.

Arraché! le mot est bien.

LOPEZ.

Eh! bien, oui, Messieurs, oui j'ai une nièce aimable, jolie, et qui aura en mariage dix mille ducats de revenu.

TOUS.

Dix mille ducats ! c'est un excellent parti.

LOPEZ.

Depuis que l'on a parlé de la guerre, et qu'il a été résolu que les Français viendraient délivrer l'Espagne; mais depuis le jour surtout où les Français ont sauvé cette province de tous les fléaux, j'ai fait le serment de ne donner ma nièce, qu'à un Français... qui de vous quatre, Messieurs, veut m'aider à tenir mon serment.

TOUS.

Air : *de Fernand Cortez.*

C'est moi, c'est moi, c'est moi !
Je l'aime
D'une ardeur extrême ;
C'est moi, c'est moi, c'est moi !
Qui doit avoir sa foi.

LOPEZ.

J'aime cette allégresse,
Et c'était mon seul vœu :
Mais n'ayant qu'une nièce
Je n'attends qu'un neveu.

TOUS.

C'est moi ! etc.

LOPEZ.

Ne pouvant sans partage
Remplir ici vos vœux,
Je prendrai le plus sage
Ou le plus amoureux.

TOUS.

C'est moi, c'est moi, c'est moi !
Je l'aime
D'une ardeur extrême ;
C'est moi, c'est moi, c'est moi !
Qui doit avoir sa foi.

LOPEZ.

Cet empressement me plaît fort ; mais il faut pourtant s'entendre.

2

RAYMOND.

Quel parti prendre?

LOPEZ.

Vous allez former quatre couronnes de fleurs différentes,
et chacun de vous retiendra bien quelle est la sienne; je les
porterai à ma nièce, elle choisira et quand elle paraîtra
devant vous, parée de la couronne, celui qui l'aura donnée
deviendra le mari de mon Elvire.

RAYMOND.

C'est un moyen charmant.

RODOLPHE.

Un vrai roman.

LOPEZ.

Surtout que chacun choisisse bien la fleur qu'il préfère,
afin que le choix que fera ma nièce de cette couronne, soit
déjà une preuve de simpathie entre elle et mon futur neveu;
je veux que ce mariage soit fait aujourd'hui.

RAYMOND.

Aujourd'hui! impossible! il nous faut la permission de
M. le Maréchal pour nous marier.

RODOLPHE.

Voilà une chose à laquelle le seigneur Lopez n'avait, peut-
être, pas songé.

LOPEZ.

Pardonnez-moi, Messieurs, pardonnez-moi, j'ai songé à
tout; et puisque cette alliance n'a rien qui vous effraye,
l'un de vous peut aller se préparer à épouser ma nièce.

TOUS.

C'est moi, c'est moi! etc.

(Ils sortent.)

SCÈNE VIII.
LOPEZ, TONIA.

LOPEZ.

La simpathie! la simpathie, et l'argent je ne connais

que cela pour faire les bons ménages ; d'ailleurs , mes nièces ne peuvent être malheureuses avec ces jeunes Français. (*On sonne.*) Ouvre, Tonia. (*Elle ouvre.*)

SCÈNE IX.

Les Mêmes, St.-Léon.

LOPEZ.

Encore un aide-de-camp ; si je lui donnais ma cinquième nièce.

ST.-LÉON.

Le seigneur Lopez ?

LOPEZ.

C'est moi, Monsieur ; Tonia , donnez des ordres pour que l'on ait soin du cheval de Monsieur, et faites préparer des rafraîchissemens.

ST.-LÉON.

Je ne puis rien accepter ; Monsieur, il faut que je reparte à l'instant même.

LOPEZ.

Quoi vous n'assisterez pas à la fête que donnent ici vos compagnons d'armes. (*à part.*) C'est qu'il est fort bien aussi ce jeune homme... cela ferait justement mon affaire.

ST.-LÉON.

Je vous apporte, Monsieur, une réponse de M. le Maréchal, à la lettre qu'il a reçue de vous.

LOPEZ.

Ah ! c'est la réponse... donnez, Monsieur, donnez.... je suis impatient de connaître , (*s'arrêtant*) est-ce un consentement, Monsieur ?

ST.-LÉON.

Oui , Monsieur.

LOPEZ.

Alors je puis lire (*il lit*) « Monsieur, ce que vous me « proposez, annonce un trop grand dévouement à l'armée « française et promet aux jeunes officiers qui sont chez vous, « une trop brillante perspective pour que je ne me hâte « pas de consentir à tous vos vœux. Orphelins depuis l'en-

« fance, Raymond, Henri, Rodolphe et Edmond, dont
« les pères sont tombés à mes côtés sur les champs d'honneur,
« illustrés par la France, méritent à tous égards le sort qui
« leur est préparé ». Ah ! voilà donc tous mes vœux accom-
plis ! je suis au comble de la joie et.... Monsieur est-il
garçon ?

ST.-LÉON.

Oui, Monsieur.

LOPEZ.

Si Monsieur ne m'avait pas dit qu'il ne voulait rien accepter...

ST.-LÉON.

Impossible !.. je vais repartir.

LOPEZ.

Monsieur... Monsieur, j'ai une cinquième nièce... Ah !
ah !..

ST.-LÉON, *à part.*

Où veut-il en venir.

LOPEZ.

Est-ce que le mariage de vos compagnons d'armes ne
vous engage pas à les imiter?.. tenez, il faut parler franchement, il ne sert de rien de se contraindre ; j'ai encore là
dix mille ducats de revenus au service d'un français qui de-
viendrait mon neveu... si Monsieur....

ST.-LÉON, *à part.*

Quelle singulière manie.

LOPEZ, *à part.*

Il se consulte.

ST.-LÉON.

Monsieur, je suis on ne peut pas plus sensible à l'offre
généreuse que vous me faites; mais il m'est impossible de
consentir à tant de bonheur, une autre règne dans mon
ame.

LOPEZ.

Ah ! ah ! Monsieur est amoureux... d'une française sans
doute ?

ST.-LÉON.

Non, non, Monsieur, d'une espagnole ; je ne l'ai vue
qu'une seule fois, je ne la reverrai plus peut-être ; mais son
image me suit en tous lieux.

LOPEZ.

Comment vous ne savez pas même où elle est ?

ST.-LÉON.

Si je le savais je volerais auprès d'elle et je ferais tout pour l'obtenir.

Air : *Dans les vieux châteaux.*

Dans les vieux châteaux de l'Andalousie
Je m'en vais cherchant l'objet enchanteur,
Qui peut à jamais embellir ma vie,
Et par ses attraits, et par sa candeur ;
J'en crois son regard et son doux sourire,
De fidélité c'est un vrai trésor ;
Mais depuis un mois que je la desire
Pauvre chevalier, je la cherche encor.

LOPEZ.

Même air.

Dans nos vieux châteaux de l'Andalousie
Vous devez trouver de jeunes beautés,
Qui pourront, gaîment, charmer votre vie
Par leur doux esprit et leurs qualités.
Mais si vous voulez trouver une belle
Au sourire aimable, aux yeux languissans,
Qui soit loin de vous, et qui soit fidèle,
Pauvre chevalier, chercherez long-temps.

ST.-LÉON.

Alors, Monsieur, je chercherais toujours; car j'ai fait serment de n'avoir jamais d'autre femme que celle qui a produit sur moi une si vive impression ; si je ne la trouve pas, je resterai garçon.

LOPEZ.

Eh ! bien, Monsieur, n'en parlons plus... et cependant, je vous prie de remarquer que mes nièces sont fort jolies.

ST.-LÉON.

Je n'en doute pas, Monsieur, et je voudrais qu'elles fussent cent fois plus belles encore, pour mieux prouver mon amour à celle qui remplit toutes mes pensées.

LOPEZ.

Monsieur, si cela est ainsi... certainement je sais trop... et cependant, si vous vouliez réfléchir qu'il me faut absolument un Français pour neveu , et que je donne à ma nièce dix mille ducats de revenu.

ST.-LÉON.

La fortune , Monsieur , n'a jamais déterminé un militaire français.

LOPEZ , *à part.*

C'est qu'il est charmant ce jeune homme , et que ce serait bien mon affaire. (*Haut.*) Monsieur , du moins , voudra bien se reposer un moment ?

ST.-LÉON.

Impossible , Monsieur , mes ordres sont précis : il faut que je reparte à l'instant pour rejoindre M. le maréchal.

LOPEZ , *à part.*

C'est-à-dire pour continuer ses recherches , et cela n'est pas pressé ; il faut le retenir. (*Haut.*) Si vous vouliez entrer , Monsieur ; j'ai un mot de remercîment à répondre à votre maréchal.

ST.-LÉON.

Je vous demande la permission d'attendre ici.

LOPEZ , *à part.*

Voilà un Français bien extraordinaire... mais je suis piqué ! corbleu ! il sera mon neveu , ou il dira pourquoi ; il faut d'abord l'empêcher de partir.

AIR : *Quelle douce, aimable folie !*

Un instant, veuillez bien m'attendre,
Bientôt, Monsieur, je suis à vous.

(*à part.*)

Son regard est noble, il est tendre,
C'est qu'il ferait un bon époux.

ST.-LÉON.

Croyez-bien, Monsieur, qu'il m'en coûte
De ne point séjourner ici,
Mais je dois me remettre en route...

LOPEZ , *à part.*

Oh! tu n'es pas encor parti.

(*Haut.*)

Monsieur...

ST.-LÉON.

> Un instant je vais vous attendre ;
> Mais fuyant un plaisir bien doux,
> De rester je dois me défendre,
> L'honneur m'a donné rendez-vous.

LOPEZ.

Un instant veuillez bien, etc.

SCÈNE X.

ST.-LÉON, *seul.*

Il faut que notre brave armée ait rendu d'importans services à cet espagnol, il a pour les français un enthousiasme, si je l'avais laissé faire, je ne serais point parti de son château, sans être marié, mais j'en ai fait le serment, je serais fidèle à ma belle inconnue... qui peut être ne pense guère à moi... n'importe je veux lui être fidèle, au moins pendant la campagne ; nous verrons ensuite.

SCÈNE XI

ST.-LÉON, LOPEZ ET SES NIÈCES, *paraissant dans le pavillon.*

LOPEZ.

Vou m'entendez, je compte sur vous, toi Flora, descend la première.

FLORA.

Oui, mon oncle ; mais ce français...

LOPEZ.

Oh ! ne crains rien, c'est l'armée la mieux disciplinée de l'Europe ; d'ailleurs, je veille sur toi.

ST.-LÉON.

Le seigneur Lopez se fait bien long-temps attendre. (*Flora descend du pavillon.*) Ah ! ah ! voilà sans doute l'une des demoiselles de la maison... elle est charmante.

LOPEZ, *à part.*

Bon, il paraît que mon espiègle produit son effet.

ST.-LÉON , *à part.*

Ah ! ah ! on veut me retenir au château ; tenons nous bien sur nos gardes.

FLORA.

N'est-ce pas, seigneur français, que l'on nous a trompées, en nous assurant que vous ne vouliez seulement pas nous voir.

ST.-LÉON.

Si j'avais pu tenir un pareil langage, Mademoiselle, maintenant que je vous ai vue, je m'en voudrais toute la vie.

LOPEZ , *à part.*

Ah ! ah ! le voilà qui commence à se radoucir.

FLORA.

Eh ! bien, pour me le prouver, acceptez d'abord, suivant l'usage de notre Andalousie, ces fleurs de l'hospitalité, et permettez-moi de vous présenter à mes sœurs.

ST.-LÉON.

Pour les fleurs, je les accepte, mais le devoir et l'amour m'ordonnent de partir; et comme le seigneur Lopez se fait long-temps attendre...

LOPEZ.

Il n'en démordra point.

FLORA , *à part.*

Oh! il ne partira pas, il y va de ma gloire.

Air *d'un bolero.* (Bachelier de Salamanque.)

Quoi ! seigneur, vous voulez partir ?
Rien ne peut vous retenir,
Ma prière est inutile ;
Toujours d'un officier français
On a vanté les succès ;
Et l'humeur noble et facile
Dans cet asîle
Doux et tranquille
Tous les plaisirs
Peuvent gaîment embellir vos loisirs.
Car pour la fête
Que l'on apprête
On voit unis
Le laurier, la rose et le lys.

Venez vous livrer au repos ;
Même sur ce brûlant rivage
Vous trouverez de vos drapeaux
Le doux ombrage.
Allons, seigneur, allons, venez vous reposer
Notre hospitalité ne peut se refuser.

LOPEZ, *chantant à part.*

Allons, seigneur, allons, venez vous reposer,
Etc., etc.

Il ne peut pas résister à cela.

ST.-LÉON.
Malgré tout le charme que je trouve à vous entendre et
tout le plaisir que j'aurais à voir vos sœurs, qui sans doute
sont jolies comme vous, je serais coupable...

LOPEZ, *à part.*
Il résiste, en avant du renfort... Inès, Lida, Elia, exé-
cutez mes ordres : cinq mille ducats de plus à celle qui le
retiendra, je suis riche moi ; je veux le retenir.

FLORA.
De grâce, seigneur encore un mot.

ST.-LÉON, *avec grâce.*
Même air.

Non, je n'y dois pas consentir,
Rien ne peut me retenir ;
Déjà le devoir m'appelle :
Un objet a reçu ma foi,
A ma belle comme au roi
Moi, je veux rester fidèle.

SCÈNE XII.

Les Mêmes, INÈS, ÉLIA, LIDDA.

ENSEMBLE.

Il est rebelle,
Peine cruelle !

Eh ! quoi, seigneur,
Vous nous traitez avec tant de rigueur ?
Cette journée
Est fortunée ;
Ah ! par bonté
Acceptez l'hospitalité.

LIDDA.

Seigneur, rendez-vous à nos vœux,
Comblez, comblez notre espérance ;
Notre devise est, en ces lieux :
Vive la France !

ENSEMBLE.

Allons, seigneur, allons, venez vous reposer
Notre hospitalité ne peut se refuser.

LOPEZ.

Allons, seigneur, etc.

ST.-LÉON.

Je vois que le seigneur Lopez ne crois pas à ma fidélité,
et je dois convenir qu'il a choisi les plus heureux moyen
pour medétourner de mon projet.

Air *du Code et l'Amour.*

Ce que j'éprouve en vous quittant
Point n'ai besoin de vous l apprendre,
Mais le devoir se fait entendre,
Et je dois fuir ce lieu charmant.
Fuir la beauté quand on l'admire,
Pour un Français est un tourment ;
Et c'est assez, je crois, vous dire
Ce que j'éprouve en vous quittant

LOPEZ.

Je suis furieux !.. et puisque Monsieur veut absolument
partir, je suis bien loin de vouloir le retenir... en avant la
réserve... Elvire...

ELVIRE.

Mon oncle !...

LOPEZ.

Appelez vos sœurs.

ST.-LÉON.

Adieu donc, charmantes châtelaines, croyez bien que si jamais...

ELVIRE, *paraissant sur le péron.*

Mes sœurs, mon oncle vous ordonne de rentrer.

ST.-LÉON, *la regardant.*

Ciel !

ÉLVIRE.

Ah mon Dieu !

ST.-LÉON.

C'est ma belle inconnue !

ELVIRE.

C'est mon jeune français de la prison de Médina.

LOPEZ.

Une reconnaissance ! je savais bien moi, qu'il ne partirait pas.

ST.-LÉON, ELVIRE.

Air *de Wallace.*

O surprise extrême !
Moment trop heureux :
C'est celui/celle que j'aime
Qui s'offre à mes yeux.

LOPEZ.

Bon ! j'aurai mes cinq mariages ;
Ah ! quel bonheur inattendu ;
Il paraît que, de ses voyages,
Monsieur est enfin revenu.

ST.-LÉON.

A mon bonheur pourrais-je croire ?
Votre mémoire... je pourrais...

ELVIRE, *rougissant.*

Seigneur, j'avais gardé vos traits
Mais ce n'est pas dans ma mémoire !

ENSEMBLE.

O surprise extrême ! etc.

SCÈNE XIII.

LES MÊMES, TONIA, *accourant.*

TONIA.

Seigneur, voici ces officiers qui reviennent de la grande pelouse, où les soldats, invités à la fête, commencent à arriver. le 36e. régiment est déjà à table. (*Les demoiselles rentrent.*)

LOPEZ.

Entrez, Seigneur, entrez dans votre château... je suis à vous dans la minute... Ah! ça, il est bien convenu que vous épousez mon Elvire, avec dix mille ducats de revenu... oserais-je vous demander votre nom, Monsieur?

ST.-LÉON, *riant.*

St.-Léon d'Argeville, capitaine.

LOPEZ.

Enchanté de faire connaissance avec vous, Monsieur; entrez, de grâce, vous êtes, ici, chez vous. (*Saint-Léon entre.*) Aux autres maintenant.

SCÈNE XIV.

LOPEZ, RAYMOND, EDMOND, HENRI, RODOLPHE, *portant chacun une couronne.*

CHOEUR.

C'est moi, c'est moi, c'est moi!
Je l'aime
D'une ardeur extrême;
C'est moi, c'est moi, c'est moi!
Qui doit avoir sa foi.

LOPEZ.

Je vois avec plaisir qu'ils n'ont point changé de refrain... Ah! ah! vous voilà, Messieurs.

RAYMOND.

Oui, seigneur Lopez, avec les couronnes que vous avez demandées; j'ai choisi la fleur du grenadier.

RODOLPHE.

Moi, le modeste bluet des champs.

HENRI.

Moi, j'ai choisi la pensée.

EDMOND.

Et moi, j'ai fait choix de la rose.

LOPEZ.

C'est fort bien, Messieurs, n'oubliez pas la fleur que vous avez préférée; je vais présenter vos couronnes à ma nièce, celle dont elle se parera désignera le mari qu'elle doit avoir.

TOUS.

C'est moi, c'est moi...

LOPEZ.

C'est bien, c'est bien, c'est ce que nous allons voir.... Attendez-moi là, Messieurs.

RAYMOND.

Ah! ça, mon cher hôte, encore une question, de grâce; est-ce bien sérieusement que vous voulez faire ce mariage, et ne plaisantez-vous pas?

LOPEZ.

Messieurs, je parle très-sérieusement, et la preuve que ce n'est point une comédie, c'est que j'ai demandé, obtenu et reçu le consentement de votre Maréchal, c'est votre camarade le capitaine St.-Léon qui vient de me l'apporter.

RAYMOND.

St.-Léon est ici?

RODOLPHE, *riant.*

Vous verrez qu'il va nous souffler notre prétendue.

RAYMOND.

Puisque vous êtes bien décidé à donner votre nièce à l'un de nous, seigneur Lopez, l'honneur nous impose l'obligation de vous faire connaître qui nous sommes.

LOPEZ.

Vous êtes Français, Messieurs, et cela me suffit.

RODOLPHE.

Mais vous ignorez peut-être que nous sommes sans fortune, et que le sort....

LOPEZ.

Vous avez une richesse qui vaut toutes les autres.

HENRI.

Une richesse?...

RAYMOND.

Ma foi, je ne m'en connais pas, moi.

LOPEZ.

Oui, mes amis, un trésor que je place au-dessus de
tout.

EDMOND.

Ce trésor, quel est-il !

LOPEZ.

Vous voulez le savoir ?

Air : *C'est l'amour.*

C'est l'honneur, l'honneur, l'honneur,
Qu'en France
L'on encense ;
C'est l'honneur, l'honneur, l'honneur
Qui règne dans le cœur.

Dans tous les états de la vie
Ce sentiment a sa splendeur
Qui nous console de l'envie,
Qui nous soutient dans le malheur.
Sous son toit solitaire
Quel charme tout puissant,
Malgré sa peine amère
Fait chanter l'indigent ?
C'est l'honneur, etc.

Voyez ce riche, au regard sombre,
Qui soupire au fond d'un palais,
Il ne peut calculer le nombre
De ses flatteurs, de ses valets ;
Une terreur profonde
Le suit sur l'édredon,
Quand chez lui tout abonde,
Que lui manque-t-il donc ?
C'est l'honneur, etc.

Quelle noble et divine flamme
Sous un immortel étendart',
En embrâsant toujours leur ame,
A fait nos Cid et vos Bayard ?
     Et dans l'essor rapide
     Qu'ils prenaient aux combats,
     Quel fut toujours le guide
     De nos braves soldats?
C'est l'honneur, etc.

Voyez ce roi devant Pavie
Soudain trai i par sa valeur,
Bravant la fortune ennemie,
Il tombe au pouvoir du vainqueur,
     Et sa noble vaillance
     Perd tout, oui tout, hélas !
     Excepté ce qu'en France
     Les rois ne perdent pas :
C'est l'honneur, etc.

Après tant destins contraires,
Qui va forcer tous les Français
A vivre désormais en frères,
Pour être heureux à tout jamais,
     A l'Europe charmée
     Quelle immortelle loi
     A montré notre armée
     Criant vive le roi ?
C'est l'honneur, etc.

RAYMOND.

Seigneur Lopez, vous êtes un brave hommes !

LOPEZ.

Messieurs, que voulez-vous, je suis comme ça moi, (*on
entend le canon*) qu'est-ce que c'est donc que cela !

RAYMOND.

C'est le canon de la fête !

LOPEZ.

A la bonne heure... allons, attendez-moi là un instant,
je vais vous amener votre fiancée. (*Le canon continue, les
portes du château s'ouvrent ; tous les villageois entrent.*)

SCÈNE XV.

LES MÊMES, LAVALEUR, soldats, vivandières, espagnols.

CHŒUR.

Air *de la Ferme et le Château.*

Sautons donc, sautons, mes amis,
Que votre ivresse
Dure sans cesse;
Sautons donc, sautons, mes amis,
C'est aujourd'hui la Saint-Louis.

LAVALEUR.

C'est la fête de not' bon père
Et de notre bon général;
L'un rend notre France prospère;
L'aut' à l'enn'mi donne le bal.
A Paris tandis qu'chacun danse,
Nous disons aux ennemis d'la France
Sautez donc, sautez donc, mes amis,
Etc., etc.

RAYMOND.

Te voilà donc, mon vieux ?

LAVALEUR.

Oui, mon officier; (*montrant sa croix*), et je ne suis pas seul; comme vous voyez, Henri Quatre est là.

RODOLPHE.

C'est une bonne compagnie.

LAVALEUR.

Je le crois bien, et vous savez ce proverbe : *Dis-moi qui tu hantes, je te dirai qui tu es...* je l'ai reçue ce matin à l'appel, mon officier.

RAYMOND.

Tu la méritais depuis le commencement de la campagne, mon brave.

LAVALEUR.

C'est égal, j'aime mieux l'avoir reçue le jour de la St.-Louis, comme je m'appèle Louis, aussi, c'est un bouquet qui en vaut bien un autre... et vive tous les Louis !.. et avec ça que je ne suis pas fâché qu'on m'ait décoré en Espagne, j'ai donné plus d'un coup de lance dans ces campagnes, et l'Andalousie me rappèle plus d'un galant souvenir... un matin mon escadron mit en déroute quinze cents ennemis dans la vallée voisine, et le soir, mon officier, dans le parc de ce château une jeune et jolie bachelette à l'œil agaçant, à la mine chiffonnée !... mille cavaliers, quand j'y songe encore, et quelle taille... un vrai jonc quoi!... elle aurait tenu là dedans...

SCÈNE XVI.

LES MÊMES, TONIA, ET VALETS.

TONIA, *apportant du vin et des verres.*
Voici mes braves, ce que le maître du château m'a chargé de vous offrir... (*Elle voit le vieux lancier et laisse tomber les verres et le broc.*) Ah! mon dieu! c'est lui!..

LAVALEUR.
C'est ma petite bachelette!..

TONIA.
C'est comme un coup du ciel.

LAVALEUR.
C'est une bombe qui me tombe sur la tête.

CHOEUR.

Air : *Honneur à la musique.*

Douce reconnaissance
Triomphe de l'amour ;
Il faut qu'une alliance
Termine ce beau jour.

SCÈNE XVII.

LES MÊMES, LOPEZ.

LOPEZ.
Qu'est-ce que c'est, qu'est-ce que c'est? on parle d'alliance je crois.

TONIA.
Ah! Seigneur!... Seigneur!... voilà mon perfide !

LOPEZ.
Ton perfide ! il t'épousera.

LAVALEUR.
Je suis asphixié !

LOPEZ.

Mon brave , êtes vous garçon?

LAVALEUR.

Moi, je ne m'en souviens pas.

LOPEZ.

Cherchez bien... pendant que je vais terminer une autre affaire; mais souvenez-vous que Tonia était une honnête fille.

LAVALEUR.

Oui, en 1809.

LOPEZ.

Et, qu'en 1823, elle aura une dot, pour réparer les ravages du temps.

LAVALEUR.

Et de la cavalerie... c'est dit; voilà que je m'en souviens; je suis toujours à son service.

LOPEZ.

Silence! à nous, Messieurs, vos couronnes ont été présentées et choisies... vous allez connaître votre sort; d'abord je vous annonce que Monsieur St.-Léon épouse ma nièce, et j'ai l'honneur de vous les présenter.

TOUS.

Ciel !

SCÈNE XVIII.

LES MÊMES , ST.-LÉON, ELVIRE.

ST.-LÉON.

Mes chers camarades, je viens vous faire part de mon mariage avec la nièce du seigneur Lopez.

RAYMOND.

Il nous persiffle encore.

RODOLPHE.

Seigneur Lopez, ceci ressemble à une mystification.

LOPEZ.

Non, Messieurs, non, ce n'est pas une mystification; je vous ai dit que je ne plaisantais pas avec les choses sérieuses; et je vais vous le prouver, (*il appèle*) ma nièce!

RAYMOND.

Ah ! il en a une autre.

SCÈNE XIX ET DERNIÈRE.

LES MÊMES, LIDA, FLORA, ELIA. INÈS, *parées des couronnes; Elvire porte aussi une couronne*

(*Inès sort la première , elle a la couronne de Rodolphe.*)

RODOLPHE.

Air *du Comte Ory*.

C'est donc moi que l'on préfère,
Ah ! quel moment enchanteur.

(*Lida sort ; elle a la couronne d'Edmond.*)

EDMOND.

Ma couronne , ô sort prospère !
Ah ! vous régnez sur mon cœur.

(*Elia paraît ; elle a la couronne de Henri.*)

HENRI.

Trois nièces , quelle aventure !

RAYMOND.

Je n'en vois plus à présent ,
C'est pour moi d'un triste augure.
Et ce n'est pas amusant !

LOPEZ.

Il m'en reste une encore.

(*Flora paraît avec la couronne de Raymond.*)

RAYMOND.

C'est celle que j'adore.

LAVALEUR.
(*Il parle.*) Ah ! ça , il y en a donc un **régiment**.

LOPEZ.

-Ah! vraiment
C'est charmant
L'heureux dénouement.
Soldats français, à leurs genoux
Jurez tous d'être bons époux.

(Les officiers tombent aux pieds des jeunes Espagnoles.)
(Lavaleur place une couronne de soleils sur la tête de Tonia.)

TOUS.

Ah ! vraiment
C'est charmant !
L'heureux dénouement.

LOPEZ.

Aujourd'hui, Messieurs, nous allons célébrer la fête de votre Roi et de votre généralissime, demain nous nous rendrons au camp de votre Maréchal, je veux lui présenter moi même mes nièces; il verra que les fleurs que je vous offre pour la St.-Louis, sont dignes de vous est de la France... réjouissons nous maintenant et n'épargnons rien ici, je suis riche moi, et j'aime les Français.

VAUDEVILLE.

CHŒUR.

Air : *vaudeville des Blouses.*

Chantons, dansons, que rien ne nous arrête;
Sachons unir, pour fêter ce beau joua,
Au son du fifre et de la castagnette
Le bruit guerrier du bronze et du tambour.

RAYMOND.

Oui, cette fête est celle de la gloire,
Avec transport la France l'attendait :
Car, mes amis, c'est au champ de victoire
Que nos soldats ont cueilli leur bouquet.

CHŒUR.

Chantons, etc.

EDMOND.

Dans les combats, toujours légers . frivoles ,
Même tandis que l'on nous attaquait,
On nous a vus fêter les Espagnoles,
Et leurs maris ont payé le bouquet.

CHŒUR.

Chantons, etc.

LAVALEUR.

Comment ne point rencontrer la victoire
A chaque pas qu'en ce pays on fait ,
A chaque pas on peut trouver à boire
D'un vin! Morbleu! quel parfum! quel bouquet!

CHŒUR.

Chantons, etc.

RODOLPHE.

Quelle splendeur, ô France ! t'environne !
Par l'industrie, en ton sein tout renaît,
Et les beaux arts t'apportent leur couronne
Pour ajouter leurs fleurs à ton bouquet.

CHŒUR.

Chantons, etc.

ST.-LÉON.

Depuis trente ans, notre sublime armée
De l'immortelle, aux combats, se paraît ;
Elle y revole, et la gloire charmée
La reconnaît soudain à son bouquet.

CHŒUR.

Chantons, etc.

LOPEZ.

Au champ d'honneur le bronze encore gronde
Mais de la paix l'aurore reparaît,
Que ce beau jour soit la fête du monde ,
Que l'olivier devienne son bouquet.

CHŒUR.

Chantons, etc.

LES CINQ DEMOISELLES, *s'avançant vers le public.*

AIR : *Et l'amour vient.*

C'est le public qui, sans débat,
Ici, par sa douce indulgence,
Fait tout le mérite et l'éclat
D'un ouvrage de circonstance.
Notre bouquet par ses couleurs
A Louis, en ce jour, doit plaire ;
Nous prenons aux loges nos fleurs,
Et nos lauriers dans le parterre.

CHŒUR.

Chantons, etc.

FIN.

EXTRAIT DU CATALOGUE

de Mme. HUET, libraire, *rue de Rohan*, n. 21.

Le Solitaire, op.-com. en 3 actes, paroles
de M. Planard, mus de M. Caraffa; prix: 2 fr. 5o c.

Valentine de Milan, op.-com. en 3 actes, de
M. Bouilly; mus. de Méhul; prix. . . . .   2 fr. 5o c.

Monsieur Oculi, parodie de *Valérie*, par
MM. Désaugiers et Gentil ; prix. . . . . .   1 fr. 5o c.

Guillaume, Gautier, et Garguille, vaud. en
1 acte de MM. Dartois, Gabriel et Francis   1 fr. 5o c.

La Dame des Belles Cousines, vaud. en un
acte, par M. Achille Dartois; prix. . . . .   1 fr. 5o c.

Trilby, vaud. en un acte, par MM. F. de
Courcy, Rousseau et Dumersan ; prix :   1 fr. 5o c.

La Petite Babet, vaud. en un acte, par MM.
Dartois et Francis ; prix. . . . .   1 fr. 5o c.

Les Jumelles, op.-com. en 1 acte; de M. E.
Planard; mus. de M. Fétis ; prix. . . . .   1 fr. 5o c.

Le Précepteur dans l'Embarras, vaud. en 1
acte (Variétés), par M. Mélesville; prix :   1 fr. 5o c.

L'Orage, vaud en un acte, par MM. Ar.
Dartois et Saintine ; prix. . . . .   1 fr. 5o c.

La Pension de Retraite, vaud. en 1 acte, par
MM. Carmouche et F. de Courcy; prix :   1 fr. 5o c.

L'Aubergiste Malgré lui, vaud., par MM.
Brazier et Théodore ; prix. . . . .   1 fr. 5o c.

Partie et Revanche, vaud. en 1 acte, par MM.
Scribe, Brazier et Francis ; prix. . . . . .   1 fr. 5o c.

Le Chevalier d'Honneur, vaud. en 1 acte, par
MM. Sewrin, Gersin et Tousez; prix. . .   1 fr. 5o c.

L'Enfant de Paris, vaud. en 1 acte, par MM.
Francis , Dartois et Gabriel ; prix. . . .   1 fr. 5o c.

Le Précepteur dans l'Embarras, vaud. (Gym-
nase), par MM. Ymbert et Warner; prix :   1 fr. 5o c.

L'Isle des Noirs, vaud. en 1 acte, par MM.
A. Dartois et Saintine ; prix. . . . .   1 fr. 5o c.

La Pièce Nouvelle, com. en 1 acte et en
vers, par M. Warner; prix. . . . .   1 fr. 5o c.

L'Avare en Goguette, vaud. en 1 acte, par
MM. Scribe et Germain Delavigne; prix: 1 fr. 5o c.

Le Duel par Procuration, vaud. en 1 acte,
   par MM. F. de Courcy et Rousseau; prix: 1 fr. 5o c.
Le Faubourien, vaud. en 1 acte, par MM.
   Ymbert et Warner; prix. . . . . 1 fr. 5o c.
Les Deux aveugles, vaud. en 1 acte, par MM.
   F. De Courcy et Carmouche; prix. . . . . 1 fr. 5o c.
Isabelle et Gertrude, vaud. en 1 acte, par MM
   Carmouche, de Courcy et Vanderburg.... 1 fr. 5o c.
Le Lithographe, vaud. en 1 acte, par MM.
   Sewrin et Léonard Tousez; prix. . . . . . 1 fr. 5o c.
Le Déjeûner d'Employés, vaud. en 1 acte, par
   MM. Gabriel et***; prix. . . . . 1 fr. 5o c.
La Caserne, vaud. en un acte, par MM.
   Ledoux et Belle; prix. . . . . 1 fr. 5o c.
Louis IX, tragédie en 5 actes, par M. An-
   celot; prix . . . . 2 fr.
La Somnambule, vaudeville en 2 actes, par
   MM. Scribe et Germain Delavigne; prix: 2 fr.
Le Mari et l'Amant, comédie en un acte,
   par M. Vial; prix. . . . . 2 fr.
Le Ménage de Molière, coméd. en 1 acte et
   en vers. par MM. Gensoul et Naudet; prix: 2 fr.
Le Soldat Laboureur, vaud. en 1 acte, par
   MM. Brazier, Francis et Dumersan; prix: 1 fr. 5o c.
Le Coq de Village, opéra-comique en 1 acte
   de Favart, arrangé par M. Achille Dartois,
   musique de M. F. Kreubé; prix. . . . . . 1 fr. 5o c.
Les deux Précepteurs, vaud. en 1 acte par
   MM. Scribe et Moreau; 3e. éd.; prix : 1 fr. 5o c.
La Jeune Femme Colère, com. en 1 acte de
   M. Etienne; 2e. éd.; prix. . . . . 1 fr. 5o c.
Matin et Soir, vaud. en 2 actes, par MM.
   Théaulon, Dartois et Eugène; prix. . . . 1 fr. 5o c.
Fanfan et Colas, com. arrangée en op.-com.
   par MM. de Beaunoir et A. Jadin; prix: 1 fr. 5o c.
La Fille mal Gardée, vaud. en 1 acte, par
   MM. Brazier, Francis et Dumersan; prix: 1 fr. 5o c.
Le Magasin des Lumières, vaud. par MM.
   Ramond, Ferdinand, Léon, Brisset; prix: 1 fr. 5o c.